LE
PETIT TABLEAU
DE
PARIS.

M. DCC. LXXXIII.

LE
PETIT TABLEAU
DE
PARIS.

Un Auteur ſentimental a trouvé le moyen de faire quatre volumes de morale ſous prétexte
de donner le tableau de Paris.
Béniſſons à jamais ſes philoſo-
phiques intentions, mais ne li-
ſons pas ſon livre. C'eſt un excellent homme ; mais un peintre médiocre. Il connoit tout,
excepté l'art de plaire. Il aime

la vérité; que ne fait-il la faire aimer? Je vais donner aussi une esquisse.   Au lieu de quatre volumes, j'écrirai quatre feuilles, & tout ce que je redoute c'est d'être diffus.

Tout le monde bâtit à Paris, tout le monde y spécule, peu de gens s'y amusent, beaucoup s'y ruinent, quelques uns s'y enrichissent; la multitude y vit d'espérances & des sottises des nouveaux venus.

Les gens de lettres y font peu de sensation, parceque l'esprit des livres n'intéresse plus personne, depuis que l'esprit des affaires occupe tout le monde. Convenons aussi qu'il ne faut pas beaucoup d'esprit pour un roman tel qu'*Aléxandrine* *) par exemple; qu'il n'en faut pas du tout pour les *amans Espagnols* **)

*) *Aléxandrine* est l'ouvrage d'une jeune Demoiselle, qui peut-être connoit les hommes, mais non pas le monde; dont l'imagination est vive; mais stérile.

**) *Les amans Espagnols*, Comédie en cinq actes, par un provençal qui en avoit fait présent aux Acteurs. Jamais ils ne se sont donnes plus de peine pour assurer un succès. Les huées du second acte les déconcertèrent. *Dazincourt* avoit un bonnet un peu extraordinaire. *Molé* l'aborde & lui dit mais aussi ce bonnet

A 3

faits dans un mois, lus avec prétention, apris avec enthouſiasme, joués avec confiance, tombés avec ignominie. On ne fait plus de petits vers, excepté des chanſons. Monſieur le Chevalier de *Boufflers* en a donné une qui a fait tant de plaiſir à Monſieur le Marquis de *Champcenets*

ſeul feroit tomber une piéce. Je n'ai pas encore paru, répondit *Dazincourt*. *Molé* déſeſpéré s'approche de *Préville* & lui dit, il me ſemble que vous ne ſçavez pas trop bien votre rôle. Plût à Dieu, répliqua *Préville*, qu'il ne m'euſſent pas entendu, la piéce n'auroit pas été ſi cruellement ſiſlée.

qu'il fe l'eft attribuée. On la lui difpute. Querelle, duel, bleffure, & ridicule furtout. Il foutient cependant qu'elle lui appartient, lorsque Mr. de Boufflers le rencontrant dans une maifon, le prévient & lui dit, en vérité, Monfieur, je fuis défolé de tout ce que vous coute ma chanfon; fi j'avois pu le prévoir, jamais je ne l'euffe faite. Il étoit de bonne foi. Le Marquis embaraffé rougit, là galerie plaifante, & le public s'amufe de l'anecdote.

Il y a auffi de jolis contes tels que ceux ci.

A 4

LA NOBLE PUDEUR.

Conte.

Une superbe Chanoineſſe,
Portroit ſous ſes ſourcils altiers,
L'orgueil de trente deux quartiers.
Un jour en ſortant de la meſſe,
En préſence de l'Eternel,
A l'aſpect de tout Iſrael;
Un jour qu'elle fendoit la preſſe,
Et s'avançoit le nés au vent,
Un faux pas fit cheoir la Déeſſe,
Jambes en l'air,   front en avant.
Cette chute fut ſi traitreſſe,
Qu'en dépit de tous ſes ayeux,
Qui voulut voir, vit de ſes yeux
Le premier point de ſa nobleſſe,
Car on ne peut nier cela,
Toute nobleſſe vient de là.

Le point en valoit bien la peine,
L'yvoire, le rubis, l'ébène,
N'ont rien de plus éblouiffant,
Elle avoit raifon d'être vaine.
Le beau Chevalier qui la mene,
Noble & timide adolefcent,
La relevoit en rougiffant,
Et raffuroit d'un air décent,
Mais plein de feu, mais plein de grace,
Sa pudeur prife au dépourvu.
Ah, Monfieur, dit elle à voix baffe,
Monfieur ... les Bourgeois l'ont-ils vu ?

A 5

LISE.

Conte.

Lise échapée à son premier Amant,
Et mon auteur ne ma pas dit comment,
S'étoit logée, exprès pour être sage,
Chés des dévots. Ceux-ci contre l'usage,
Etoient vraiment gens de bien s'il en fut,
Dormiant au prône, & ronflant au salut.
 Tout en suivant son hôtesse à l'Eglise
Deux fois le jour, un jeune homme lui plut ;
Un beau jeune homme, & très-bienfait...
    Ah ! Lise,
Si vous voulés, cette nuit je viendrai....
— Eh bien, venés , si je puis, j'ou-
    vrirai....
 La voilà donc qui craint d'être surprise ;
Elle descend doucement, doucement,
Pieds nuds, sein nud, le moindre vétement
Eut fait du bruit ; les plis de sa chemise
En faisoient trop quand l'air en s'y jouant
Les agitoit ; Helas ! en respirant

Dans son effroi, son souffle l'épouvante;
Audacieuse à la fois & tremblante,
Comme l'horloge alloit sonner minuit
Elle ouvre, on entre, on se glisse sans
bruit,
Mais en montant, on se perd; on s'apelle
Eh Dieu! l'hôtesse, eh! l'hôtesse, dit
elle....

L'hôtesse dort, mais Lise en son esprit
La voyoit là; son cœur battoit de crainte
Et de désir. Enfin on la saisit
Par la chemise, & dans ce labirinthe
Ils vont ensemble au milieu de la nuit,
L'amour tenant le fil qui les conduit.
Le danger croit cependant sur la Scène,
La terreur croit aussi; Lise frémit,
C'étoit la porte, & puis c'étoit le pêne,
Puis le plancher, & puis enfin le Lit
Qui va, qui vient. Eh l'hôtesse, l'hôtesse.
(Redisoit elle encore en ce moment
Toûjours cédant à sa double foiblesse,
Et s'arrangeant aux bras de son amant.)

A 6

Mais admirés l'effet du fentiment
Et du plaifir, voila Life qui crie;
Ah! fi j'ofois répéter ces cris la;
Ces *ah! mon Cœur!* & puis ces fimples *ah!*
Quand les amours redoublent leur furie.
L'heureux amant qui veut filer plus doux
Dit à fon tour, eh l'hôteffe, l'hôteffe!
— Ah, répond Life, en criant, je m'en.....
Ce mot Meffieurs contient tant de morale,
Que j'ai paffé deffus le fcandale.

La Littérature en général
n'eft plus qu'une vieillerie, dont
les Académiciens fe fouviennent
comme d'un rêve; que les Philofophes dédaignent comme fri-
volité; que les demi efprits en-
tretiennent comme une reffour-
ce. Ce n'eft pas que Madame la

Comtesse de *Beauharnais* ne fasse de jolies choses ; mais elle plait encore davantage au milieu de quelques amis ingénieux. Elle aime mieux assurer leur bonheur qu'augmenter sa gloire ; elle se trompe, car elle fait l'un & l'autre, puisqu'il est plus aisé de bien écrire, que de bien parler. Pour un Duc de *Nivernois*, il y a dix Comtes de *Tressan* & pour une P. de *Rochefort*, il y a dix Comtesses de *Genlis*.

Les spectacles sont un peu négligés, parcequ'ils sont extrêmement suivis. Réfléxion paradoxale au premier coup d'œil, mais très vraye.

L'Opéra a peu de chanteuses, moins de chanteurs encore. Car enfin *Legros* vieillit, & *Lays* est le seul qui ait droit à tous les suffrages : Deux Danseurs pleins de talens que l'un gâte par des tours de force. Mlle. S. *Huberti* a une belle voix ; mais il lui manque ce charme que l'art ne donne point. Les Chœurs se présentent mal, sont étrangers à l'action, & les femmes rient en chantant les malheurs de la Grèce. En général c'est un spectacle fuperbe; mais ce qu'on y fait, prouve feulement ce qu'on y pourroit faire. Il y a trop de monde & trop peu d'acteurs; trop de danfe & trop peu de ballets. Perfonne ne le dirige, le Comité n'y entend rien, les Gentilshommes de la Chambre n'y veulent rien entendre ; le Miniftre fe repofe fur les prépofés aux amufemens publics & le réfultat eft, que perfonne ne s'en mêle.

A la Comédie Françoife, *Molé* termine le règne des petits maîtres; *Fleury* prouve que l'intelligence fans les graces, ne fait qu'un acteur ordinaire ; *Deffeffart* a cette bonhomie, qui endort infenfiblement ; *Dugazon* poffede au fuprême dégré le malheureux talent des bouffons; *Dazincourt* à de la grace, de la fineffe & du jeu. *Préville* groffit, vieillit, & balbutie. *Brizard* perd fa chevelure & fon organe, il devroit faire fes adieux par le Roi *Lear*. *Dorival* n'eft excellent nulle part, & n'eft mauvais dans rien. Mlle. *Sainval* pleure beaucoup, a trop des deffauts de Mlle. *Duménil* & trop peu de fes éclairs. Mlle. *Vestris* raifonne à perte d'haleine, elle a trop de mono-

tonie dans son débit & trop peu
d'abandon quand elle se livre.
Mlle. *Raucourt* sera un jour la
première actrice de ce théatre,
& dès aujourd'huy c'est la seule
qui retrace des lueurs de l'an-
cienne Tragédie.   Beaucoup
de gens pensent déja ainsi;
mais peu ont le courage d'ê-
tre de l'opinion dont on sera
dans vingt ans ;   Mlle. *Do-*
ligny fait oublier par le son de sa
voix, les disgraces de sa figure; Mde. *Préville* toujours noble,
plus jolie dans son automne que
dans son printems, a l'intelligence d'une femme de qualité; Mlle.

Contat eſt ſpirituelle dans ſon jeu comme Mlle. *Fanier*, a plus de moyens & moins de talens. Mde. *Suin* toujours utile, n'eſt jamais déplacée. Ce n'eſt pas ce qu'on peut dire de quatre ou cinq autres acteurs..... Et *la Rive* que vous oubliez ? Non je ne l'oublie pas, mais je n'en dis rien, parcequ'on a dit cent fois tout ce qu'on en peut dire. Belle figure, belle voix, & ſublime toutes les fois qu'il n'eſt pas con-vulſionnaire.

La Comédie Italienne eſt très nombreuſe, mais que de mélan-

ge! De petites Demoiselles fort
jolies, un peu niaises, chantant
assez mal, ne jouant pas du tout,
mais riant avec une confiance,
qui prouve qu'elles ne savent pas
même ce qu'elles font. *Rosières*,
assez bon, mais toujours le même. *Michu*, joli chanteur, joli
acteur, joli garçon; *Clerval*, qui
a appris ses graces comme l'on
apprend à danser; un peu ma-
niéré, mais adroit; trop âgé
pour les rôles qu'il joue, & trop
jeune pour ceux qu'il devroit
jouer. Made. *Dugazon*, jolie
sans figure, bien faite sans taille,
chantant à merveille sans belle

voix, difant bien en dépit de la nature, & plaifant toujours parce qu'elle a ce qui féduit, de la volupté dans fon jeu & dans fes regards; Mdme. *Gonthier* naturelle, & fi bonne après Mdme. *La Caille!* Mdme. *Trial* chantant avec goût, & embelliffant par fon art, une voix qui vieillit fans diminuer; Mlle. *Lefcaut*, chante bien fans doute, mais fes petits bras, fa gorge volumineufe, fa taille forte, fa phyfionomie nulle, fon vifage rouge, que faire de tout cela? *Mefnier* a la voix fonore, la phyfionomie heureufe, & cette efpèce de mé-

diocrité dont jamais on ne ſe
laſſe.

Les *Variétés amuſantes*, rem-
pliſſent leur titre. *Bordier* eſt un
acteur vrai, qui peut avec du
travail ſurpaſſer ce que nous
avons, & égaler tout ce que
nous avons eu. L'heureux *Vo-
langes* eſt parfait dans quelques
rôles, & parfaitement mauvais
dans d'autres. Les Ballets ſont
mal deſſinés, & exécutés par
des Enfans, qui ne ſautent pas
ſeulement en meſure. La morale
s'eſt réfugiée ſur ce théatre, qui
pourroit être quelque choſe un
jour.

L'Ambigu comique eſt moins bon ; ces longues pantomimes ne peuvent ſe voir qu'une fois. Cela eſt trop meſquin pour être beau, & trop beau pour être gai. Le plus grand mal eſt de corrompre les genres ; Il faut aller à l'Opéra comme à une fête ; au Théatre françois pour s'inſtruire; à la Comédie italienne pour ſe délaſſer; & à la Foire, en débauche. Mais ſi *l'Enlévement d'Europe* veut imiter l'Opéra, ſi le *Nouveau parvenu* eſt digne du Spectacle national, alors rien n'eſt à ſa place, & l'on finira par ne plus ni rire ni pleurer, & par confondre toute efpèce de fenfa-tions.

Les Spectacles font une fi grande affaire à Paris qu'un Mr. *d'Orfeuille* vient de demander le privilège de toutes les Provin-ces; il veut pourvoir tous les Théatres; & mettre tous les Spectacles fous les ordres de Mrs. les Gentils-hommes de la Chambre. Chaque ville qui vou-dra avoir un Théatre payera une fomme à Paris, & fans qu'elle fe mêle de rien, on lui enverra une Troupe. J'ai cru que c'étoit un conte, on m'a affuré que c'étoit un projet. L'envie de comman-

der a enfanté plus d'un plan. Je
ne fais qui a dit „ qu'un mendi-
„ant achette un chien, pour avoir
„quelqu'un à fes ordres. „

Le goût des Spectacles ne
change rien aux mœurs. A neuf
heures du foir tout le monde tient
le même langage, eft également
riche. Je ne conçois pas comment la fociété fe foutient fi bien
dans un pays ou la politeffe éga-
life tous les efprits. On eft toujours gay, toujours content.
Que deviendra l'opinion de
Marivaux, qui foutenoit que
ceux qui ne s'offenfent de rien,
ne font pas plus propres à la fociété,

ciété, que ceux qui s'offenfent de tout.

Le nouveau Théatre françois, eft vafte, commode & bien entendu. Il y a quelques deffauts de goût, mais non d'intelligence. On a voulu que le luftre élevé jufqu'a à deux pieds au deffous du plafond fous un vafte réverbère repréfentat le foleil & les Signes du Zodiaque; on a mis des pots de fleurs, idée extravagante. Ces fignes ont donné lieu a plus d'un bon mot. Mlle. J.....étoït dans une loge dominée par la Vierge, & M. de *B*..... fous le capricorne on devine l'al-

B

lufion. Les fourds difent qu'on n'y entend pas; les cacochimes, qu'il y fait froid; les jolies femmes qu'on n'y voit goûte; les jeunes gens que le parquet eft trop cher. Ce font les feuls qui ont raifon.

La nouvelle falle des Italiens n'eft pas conftruite fur le même modèle. L'emplacement n'eft pas auffi favorable; le Théâtre a bien peu de profondeur, le parterre eft fort petit, la décoration extérieure eft fort bien entendue. Voilà ce qu'on peut entrevoir. Ce n'eft pas le moment de juger. Cette falle eft environnée de rües nouvelles, un peu étroites ; mais formées de beaux édifices. Qui les habitera ? on l'ignore. Il y a trente deux mille appartemens à louer dans Paris, & dans tous les quartiers on éleve des maifons.

Le luxe n'eft plus que dans les batimens, & dans les décorations intérieures. Les voitures font fimples, les domeftiques moins nombreux, les beaux habits de mauvais goût, les chevaux de prix fupprimés, les diamans tombés, les bijoux ridicules, les filles mal payées, les repas économiques : mais les petites maiſons, les Jardins Anglois occaſionnent de faſtueuſes folies, que des banqueroutes publiques ou déguiſées expient un peu plûtôt, un peu plus tard.

On ne lit guères & l'on n'étudie plus.   Il eſt tant de choſes qu'il eſt dangereux d'apprendre, tant qu'il eſt honteux de ſavoir; tant dont il eſt inutile d'être inſtruit, diſoit dernièrement le Duc de * * *. auſſi n'y a-t-il plus de beaux eſprits, il n'y a que des Ecrivains; on ne ſe fait plus de réputation, mais une fortune; & juſqu'à nos Poëtes ſont de petits financiers littéraires. Il y a des

Entrepreneurs d'efprit, d'hiftoire, de voyages, qui occupent
vingt plumes fubalternes.

Les productions de celles-ci
reffemblent aux vapeurs que le
foleil attire de la terre, & qui y
retombent en fécondes rofées....
ou brouillards. On difoit autrefois que les lettres ne donnoient
pas précifément un état, mais
qu'elles en tenoient lieu, & pro-
curoient des diftinctions que des
gens très fupérieurs n'obtenoient
pas toujours. Cette mode eft
paffée, la dernière génération
n'obtient que des ridicules.

Comme il faut abfolument

B 3

être riche pour avoir à Paris des plaifirs, de la confidération, & même l'apparence du bonheur, on prend toute efpèce de voyes pour arriver au temple de la fortune. Chacun fe heurte en marchant. Un petit nombre s'avife de prendre la route de la vertu, & réuffit, parcequ'il eft pour l'ordinaire fans concurrens.

On revient en faveur du plan tant critiqué de Monfeigneur le Duc de Chartres. Il y a mille beaux Jardins en France; mais il n'y aura qu'un édifice égal à celui qui s'élève comme à la voix d'une fée. A la place de cette grande allée, plus vantée

que commode, on aura une promenade couverte, unique en
fon efpèce. Il eft vrai que ceux,
qui autrefois avoient la vûe fur
ce Jardin, rentrent dans la claf-
fe des autres citoyens, mais ce
n'eft qu'une de ces petites fatali-
tés, auxquelles expofe le voifi-
nage des Grands.

En général ce n'eft point l'é-
poque des grandes chofes; mais
des établiffemens utiles, & des
inventions commodes. On vit
dans une fociété choifie, parceque la repréfentation a quelque
chofe qui fatigue; On n'afpire
plus à la réputation, parcequ'el-

B 4

le ne mêne à rien, à moins que la fortune de fon côté n'ait préparé votre place dans le même inſtant de faveur que le public vous accorde.

Le Gouvernement eſt doux & bienfaiſant; ceux qui ſe plaignent ſont preſque toujours des gens qui tiennent pour ennemis tous ceux qui ne font pas leur affaire propre de leur avancement. Pas un mot de vrai de tout ce que debitent des libelliſtes inſolens, qui reçoivent leurs mémoires de l'antichambre. On a fait pendant quelque tems des ſacrifices pécuniaires pour acheter le ſilence de certains Ecri-

vains obfcurs, mais licentieux;
on a payé des manufcrits fort
chers. L'expérience a prouvé
l'inutilité de cette précaution.

Il y a maintenant cinq Cou-
reurs, deux garçons baigneurs,
& trois racommodeufes de den-
telles, qui envoyent dans l'é-
tranger des nouvelles à la main.
La plûpart des gazettes font auffi peu véridiques. La peur de
n'en pas dire affez pour perfuader, fait que fouvent on en dit
trop pour être cru.

Il paroit que les mal-entendus
Eccléfiaftiques s'appaifent; la
Religion n'y perdra fûrement

B 5

rien. Une indifférence, apparente ou réelle, achevera d'anéantir ces honteufes querelles. Un homme de fens à remarqué que „ leurs fauteurs font comme une „ toupie ; fi on la fouëtte elle „ s'agite, fi on la néglige elle „ refte tranquille. „

Un talent qui fe perd à Paris c'eft celui de caufer. Le jeu abforbe tout. On joue au Lotto-Dauphin avec le même acharnement qu'a la Belle. Les vieilles gens confervent encore quelques éclairs de gayeté. Rien n'eft plus fade, plus nul, plus trifte, qu'une jolie femme, dont on n'eft pas amoureux. Il femble que de lui parler d'autre chofe que de fa figure foit un manque d'é-gards. Rien n'eft plus empéfé, plus méthodique, plus exigeant, qu'une maitreffe de maifon; elle commande à votre tems, à vos goûts, à vos penfées. Rien n'eft plus guindé, plus monotone, plus fatiguant, qu'une femme d'efprit qui fait de petits livres, & les lit à de minces connoiffeurs, grands prôneurs de ce qu'on apelle la haute littérature. Une de ces Dames difoit avant-hier „ parler beaucoup & bien, c'eft „ le talent du bel efprit; parler „ peu & bien, c'eft le caractère

„ du fage ; parler beaucoup &
„ mal , c'eſt la manie du fat;
„ parler peu & mal, c'eſt le mal-
„ heur du fot : Et parler comme
vous, Madame, c'eſt parler
comme un livre. Elle rougit au
trait de l'épigramme, parcequ'elle récitoit une penfée d'un de ces
recueils qui mettent en bloc tout
l'efprit d'un Auteur.

Il n'y a guères que les étrangers qui aillent au Jardin du Roi,
à la bibliothèque, à la galerie
des tableaux, aux *Champs élifées.*
Les gens domiciliés à Paris ont
tant de devoirs à remplir, tant
de viſites à faire, tant de diners
à accepter, tant de follicitations

promiſes, tant de rendez vous inutiles, mais ſacrés, tant de femmes à conſoler, tant d'hommes à placer, tant de billets à écrire, que le lendemain eſt arrivé avant d'avoir entamé les affaires de la veille.

Un coup d'œil bien piquant pour un obſervateur économiſte, ce ſont les prodiges de l'induſtrie? chaque rue renferme un attelier digne de fixer l'attention. Auſſi les ruës ſont elles à mon avis la promenade la plus curieuſe. Quiconque à de la ſanté, ne peut pas y périr de miſère. Quand on conſidère cette foule immenſe, on doit s'étonner qu'il

n'y ait pas tous les jours dix in-
cendies, vingt meurtres; & la
police de huit à neuf cens mille
hommes, eſt à mon avis le chef
d'œuvre de l'eſprit humain.

Je ne dirai rien de nos Grands-
Seigneurs, parceque je n'ai point
de mal à en dire, & c'eſt ce
qu'exigent preſque tous les Lec-
teurs. Que les Grands font d'ingrats! On eſt cependant forcé
d'avoir recours à leur crédit, à
leurs places, à leur fortune. Ils
ſavent qu'on a dit que la Cour
étoit compoſée de mendians bien
vétus & bien élevés; que pour
plaire aux Grands ce n'eſt pas
de l'eſprit qu'il faut; mais que

c’eſt de la délicateſſe qu’il ne faut pas, & cent autres farcaſmes répétés juſqu’à l’ennui. Malgré cela ils procurent des penſions aux auteurs, des intérêts aux femmes, des graces même, à des gens qui n’ont guères plus de titres que de talens. On ne réfléchit pas aſſez que ſi un Grand-Seigneur nous recevoit comme un · conſeiller au châtelet, un Commis aux Poſtes, un Notaire fort employé, il n’y a pas d’invectives que nous de diſſions en paſſant la porte de ſon antichambre. Les Grands du moins mentent avec adreſſe, grondent avec ménagement, refuſent avec

des égards, accordent avec bonhomie , ou vous confolent en
préférant vos rivaux.

Les filles étoient jadis plus fa-
ftueufes. Elles ont gagné en ridicules ce qu'elles ont perdu en
impertinence. Elles ont la manie d'être décentes, & fans tem-
pérament. J'ai entendu dire à
une femme de fpectacle qui avoit
trois amans à la fois, „ le défa-
„ grement de notre état, eft
„ d'être obligées de vivre avec
„ des femmes d'une certaine fa-
„ çon, & expofées à des pro-
„ pos libres.„ C'eft une obfer-
vation jufte, mais bien extraordinaire, que fur quatre mille fil-

les vivantes à Paris de leur beau-
té, il n'y en ait pas dix qui aient,
je ne dis pas de l'efprit, mais du
babil, fon image : je ne dis pas
de la vertu, mais du calcul. Il
femble que cette manière de vivre exclud les talens, l'art d'a-
mufer. C'eft un bonheur fans
doute, car fi la volupté occafionne tant de folies, que ne feroient
pas la féduction, l'apparence
des mœurs, les reffources de
l'éducation, l'art d'abréger les tê-
te-à-tête?

Les artiftes font très loués,
mais médiocrement encouragés.
Je fus voir dernièremeot un fuperbe ouvrage de Mr. *Bonnier*,

Peintre du Roi je crois, mais à coup fûr celui de la nature. Son magnifique tableau d'Adam & d'Eve étoit encore fur le chevalet. Après l'avoir longtems admiré, je lui demandai quel cabinet il devoit orner? Il eft fort eftimé à Paris, répondit-il en riant, mais il fera vendu en Ruffie. Qui croiroit que ce Paris fi fécond en millionnaires, en Princes, en Grands, en Etrangers, trouve plus que des rivaux fur les bords de la Néva?

On a comparé les Financiers aux lacs, qui reçoivent les eaux de toutes les petites rivières &

ne fertilifent aucune terre. C'eft une efpèce perdue, on du moins qui fe perd. On n'entend plus parler de croupes, d'intérêts, de fonds. Manes oubliées de *Turgot* & quelque fois même infultées! Quand vous n'auriez fait que ce bien à la France, elle vous doit, non une ftatue, car tout le monde en a aujourd'hui, mais un fouvenir éternel. On dit froidement que les Fermiers Généraux n'ont plus rien. Leur pauvreté vaut cependant encore le double d'une place de Miniftre. Si les Financiers ne font plus des *Créfus* auffi ne font ils plus des

Midas; beaucoup d'ent'eux peuvent fervir utilement l'Etat.

Les autres fciences font des progrès, des découvertes. La Médecine toujours immuable, demeure opiniatrément au même point. De bons efprits paffent leur vie entière à l'étude de cet art ingrat, l'humanité n'y gagne rien. On ne croyoit pas autrefois que les Médecins guériffoient. Ils foulageoint, confoloient, mais ne rappelloient pas la fanté fugitive. Il en eft de même aujourd'hui. La douleur avertit qu'il faut s'affujétir à telle privation, au mouvement, ou s'abftenir du travail, du vin, des

femmes. Placés entre des facri-
fices continuels ou une mort pro-
chaine, on fe foumet aux loix
févères du régime & l'on guérit.
Pendant la révolution, le Docteur
amufe l'inquiétude du patient
avec des liquides amers, & furtout il fait briller à fes yeux l'e-
fpérance. Les Médecins de Paris, beaux difeurs, mélant des
anecdotes à leurs confeils, intri-
guant pendant la convalefcence,
font des êtres fi finguliers, que fi
l'on s'avifoit de faire leur portrait,
la Médecine feroit peut-être la
feule chofe qui n'y entreroit pas.

Je ne parle pas du Charlatan
Mesmer, & de fon paillaffe *Des-*

lon qui tous deux guériffent en touchant. Ils fe font décrédités eux mêmes en donnant une préference mal adroite aux femmes faciles, & aux filles crédules. Ils ont des jours marqués dans la femaine, on les malades, qui fe portent bien, vont fe faire toucher. Les maladies qu'ils ne manquent jamais, font les maux de poitrine, les tiraillemens d'entrailles, les douleurs hémoroidales. Ils ne peuvent rien contre la goûte & contre les maux de tête.

L'ignorance dans les autres états comme dans la Médecine fe met à la mode plus que jamais.

Un Abbé, bel efprit, avoit con-
fié à fa Société qu'il traduifoit un
auteur Anglois. Il dina quelques
jours après avec Mylord B***.
Comment trouvés vous, lui
dit-il, que je parle votre langue?
Auffi bien qu'il faut, repliqua
celui ci, dour faire le tour de la
France. Cette ignorance fe voit
furtout dans les affaires. Des
places très importantes font re-
mifes à des gens qui ne favent ni
les loix, ni les formes, ni les
ufages. C'eft une des principa-
les caufes de la ruine des grands
Seigneurs. Ils livrent leur confiance à des agioteurs qu'il dé-
corent du nom faftneux d'Inten-

dans, & dont toute la capacité
est ordinairement de mettre en
jeu une foule d'Usuriers honteux,
qui pour quelqes Sommes peu
considérables acquierent des
droits sur des immeubles, & ima-
ginent de ces opérations, qui
sans être précisement frauduleu-
ses, & donner prise à la loi, me-
riteroient cependant son animad-
version.

On ne rit plus à Paris. Aux
promenades, on bâille; aux
Caffés, on joue; aux Spectacles, on critique les Acteurs;
en ville, on fait semblant d'aimer
la campagne; à la campagne, on
s'efforce

s'éfforce d'y rapeller les plaifirs
de la ville. Les Grands vendent
ce qu'ils n'ont pas, leur crédit;
chacun veut changer d'état. Un
homme capable eft celui qui laiffe une profeffion ou il vivoit obfcur & tranquille, pour monter
à un rang dont la durée eft incer-
taine, & la poffeffion ruineufe.

Que fait Monfieur un tel? il
eft nul, dit on, perfonne n'en
parle. Tant mieux. Qu'eft-ce
qu'il y a à dire d'un Citoyen pai-
fible & vertueux, qui, content
du bien de fes pères, ne veut
rien devoir à l'intrigue, & paffe
heureufement fa vie avec des

C

ames éprouvées , une compa-
gne chérie , & une famille qui
fuit fans effort la route de la
vertu ?

Prefque tout le monde à Paris
à de la prétention. Toujours
étonné de l'indifférence du Gouvernement, de l'infenfibilité du
public, & de la lenteur des graces, chacun croit fon mérite au
deffus de fes vœux. Beaucoup
de gens vont à Verfailles pour
perfuader à leurs créanciers
qu'ils vont obtenir une place.
D'autres fuivént les audiences,
pour écouter ce qu'on y dit avant
que le Miniftre paroiffe. Quelques uns ont un air fi occupé,

que les faiſeurs de dupes mêmes
y ſont pris. Il y a maintenant un
homme de rien, qui ne fait rien,
qui ne ſera rien, dont les poches
ſont toujours pleines d'adreſſes
contreſignées, qui ſe pique de
n'avoir beſoin de rien, & de
chercher les occaſions de ſervir
les autres.

On demandoit dernierement
à un homme d'eſprit, pourquoi
il paſſoit tout le jour aux Thuill-
leries, lui qui avoit tant de reſ-
ſources ? Voici ſa réponſe. „ La
„ Lecture des ouvrages moder-
„ nes m'ennuye. Ce qui s'apelle
„ Romans, Poëſies, Eloges,

„ Littérature légère, Difcours
„ académiques, Feuilles, Cri-
„ tiques, eft un jeu de dupe.
„ L'un y perd fon tems, l'autre
„ fes mœurs; celui-ci fa réputa-
„ tion, celui-là fa femme.„

„ Il faut, dit-il, des Specta-
„ cles au peuple; comme s'il
„ n'étoit poffible de l'amufer que
„ par un Dialogue en vers de
„ deux mortelles heures. N'eft-
„ ce pas en effet un plaifir bien
„ neuf que d'aller verfer des lar-
„ mes pour une véuve Troyen-
„ ne, dont la guerre à choifi l'é-
„ poux pour victime? ou de par-
„ tager les convulfions d'un for-
„ cené, aux prifes avec les furi-

„ es vengereſſes ? Quant à la
„ Comédie, il y a cent cinquante
„ ans qu'on voit ſur la Scène des
„ Mariages faits & rompus; des
„ Vieillards ridicules ; des jeu-
„ nes gens éventés; des femmes
„ coquettes. La Comédie, pre-
„ tend-on, corrige les mœurs.
„ Je l'avois oublié. En effet, il
„ n'y a plus de Maris trompés,
„ de Bourgeois ridicules, de vieil-
„ les folles, de Menteurs, de Mé-
„ chans, de Flatteurs. Oui *Mo-*
„ *liere* a tout épuré. „

Les Académies de Paris ont
un peu perdu de leur luſtre. On
écoute froidement d'Eloge d'un

particulier, qui n'a laiffé que des livres qu'on ne lit plus, ou des idées fans but. Si le défunt que vous vous efforcés de reffufciter, a fait un beau teftament littéraire, qu'a-t-il befoin de ce parfum paffager que vous venez bruler autour de fon fauteuil? S'il eft mort tout entier, efpere-t-on que quelques phrafes académiques, l'exhumeront? C'étoit une pauvre inftitution que celle de ce Cardinal vaniteux qui prétendoit fixer la langue. On ne fixe point une langue. Les inventions nouvelles exigent de nouveaux mots. Les Académies ne peuvent rien contre l'ufage des expreffions

impropres. Elles ne conferve-
ront pas mieux la purété du langage, que les Journaux ne confervent la pureté du goût.

De tous ceux qu'on publie, le
mieux fait eft le Mercure que
Mr. *Linguet* a voulu déshonorer.
Mr. *Garat*, qui fournit le plus
d'extraits, eft un jeune homme
plein d'honneteté, de talens &
d'amour propre; fon ftile n'eft
pas encore fait, il eft médiocrement inftruit; mais il a du nerf,
de l'expreffion & l'amour du travail. Mr. *de St. Ange* ramaffe des
vers, & fait un triage affez amu-
fant. Mr. *Defontanelles* rédige les

C 4

nouvelles politiques avec autant de clarté que d'exactitude. Mr. *Imbert* écrit trop pour sa gloire, mais trop peu pour le Mercure. Ces beaux esprits & d'autres encore sont les amis de Mr. *Pankouke* bréveté du Roi; c'est un homme d'esprit, faisant son commerce avec autant de noblesse que d'intelligence. Il mérite d'avoir des ennemis, aussi ne faut-il rien conclure contre lui des sarcasmes de Mrs. *Linguet* & *Beaumarchais*. Nous avons oublié Mr. *de Charnois* pour l'article des Spectacles. Il semble que la *haute Littérature* dédaigne cette partie subalterne, on a tort car „ l'anarchie qui détruit les „ états politiques foutient au con- „ traire & fait fubfifter la Répu- „ blique des lettres; à la rigueur „ on y fouffre quelques Magi- „ ftrats, mais on n'y veut pas „ de Rois.

Beaucoup de gens, de femmes furtout, croyent maintenant à l'apparition des Efprits. Chez les dévotes ils font les agens des chofes céleftes; chez les femmes galantes, des Silphes officieux; chez les femmes philofophes, des êtres occupés de l'ordre des mondes. On lit ce qu'on n'entend point, depuis que ce qu'on

C 5

entend ennuie. On fe prête my-
ftérieufement quatre ou cinq ouvrages in-intelligibles. *Le tableau
de la vérité* en eft un. Une Dame
difoit, „ je l'ai lu quatre fois, il
„ eft vrai, fans y rien compren-
„ dre; la cinquième j'ai entrevu
„ la vérité; la fixième elle s'eft
„ montrée dans tout fon éclat;
„ alors une révolution s'eft fai-
„ te dans mes efprits; le voile eft
„ tombé, le monde m'a femblé
„ un cloaque, mon corps une
„ horreur, mon efprit une chy-
„ mère; mais mon ame brulant
„ du défir de fe rallumer au flam-
„ beau célefte, fupporte avec
„ peine les chaines qui l'environ-

„ nent. „ Si cette fcience, non
pas nouvelle, mais nouvellement
mife à la mode, a fes apôtres,
c'eft qu'elle a fes prodiges, &
bientôt elle aura fes martyrs. En
laiffant la plaifanterie aux incré-
dules, & la confiance aux efprits
peu difficiles, nous dirons que
nous avons entendu des perfon-
nes s'exprimer avec éloquence,
& infpirer la perfuafion la plus
forte, jufqu'au moment que la
réflexion venoit détruire ces im-
preffions involontaires, qu'on
reçoit d'un homme honnête, for-
tement convaincu de fon opinion.

Autre feête non moins fuivie.
Des gens appliqués à l'alchymie,
ne doutent plus de la poffibilité
de faire de l'or. Tranfmuter n'eft
rien, on n'en parle pas; retirer
l'or des autres métaux, bagatel-
le, ouvrage d'écolier; mais faire,
ce qui s'apelle faire le grand œuvre, c'eft-a-dire une poudre,
dont une médiocre quantité donne des millions, voila ce qu'on
affure. De vrais favans dans cette partie, fe cachent, pour n'être
pas confondus avec une foule
d'ignorans dépofitaires de pré-
tendus fecrets, appas qu'ils ten-
dent à la cupidité des riches avec
une forte de fuccès. Jamais on

n'a porté plus loin que nous l'in-
crédulité: mais on ne réfiste pas
aux faits. Ce que nous avons
VU, nous paroiffoit incroyable.
Ce qui nous refte à favoir, n'eft
peut-être pas plus impoffible. La
fageffe confifte à bien examiner,
mais non à détourner les yeux
des objets qu'on lui préfente. A
la vérité tous ces philofophes
raifonnent affez mal, ne calculent point, ont des principes vagues; mais ils opèrent, vous
font opèrer, refufent vos fecours,
négligent vos fervices, & ont
une indépendance pratique fi
bien foutenue, qu'elle en impo-

ſe à ceux qui connoiſſent le cœur humain.

Les eſpérances que donne l'Alchymie menſongère, ſont embraſſées avec d'autant plus d'avidité, que la plûpart des fortunes ſont en décadence. Le luxe ſemble avoir enchanté tout Paris. Les faſtueuſes décorations des maiſons, les ſalaires ruineux des valets, la prodigalité de la table, la recherche des meubles, ont entrainé la chute des fortunes. On a voulu tout à la fois ſatisfaire à tous les goûts. On s'eſt trouvé dans l'abyme, avant d'avoir eu le tems d'examiner, si l'on couroit risque d'y être précipité.

Il n'y a plus de Grands à Paris, il n'y a que des riches qu'on vénère. Mais on accorde cet hommage a bien peu de personnes. Ce seroit une histoire utile & curieuse, que celle de certains particuliers, qui de la boue sont passés dans des palais, & d'autres qui sont descendus de leurs superbes colonades dans des retraites obscures. On pourroit citer plus de quatre petits Bourgeois, qui ont absorbé plus de vingt millions chacun dans quinze ans, & cela sous le regne d'un Monarque ennemi du luxe, le

puniſſant quelquefois, le mépri-
ſant toujours, & proſcrivant le
dérangement outré.

Comment peut-il ſe faire que
les quatre cinquièmes de ce qu'on
imprime ſur la Cour & ſur la ville, ſoient de toute fauſſeté? Les
miniſtres, ſoit en bien, ſoit en
mal, ne ſont pas peints tels qu'ils
ſont. Les gens dont on parle le
plus, ſont ceux qu'on connoît
le moins. Les artiſtes les plus
cités, ne ſont pas les plus habi-
les. Enfin il y a un nuage d'erreur répandu ſur les opinions,
dont la cauſe mériteroit bien d'ê-
tre recherchée. On a parlé d'un
fou qui vouloit faire un vaiſſeau

volant, & l'on ne dit rien de l'entreprife admirable de deux frères qui font couler dans Paris un fleuve artificiel.

Paris feroit un endroit infupportable fans la fociété, qui nulle part au monde n'eft auffi fûre, auffi douce, auffi agréable. Les heures qu'on donne à fes amis doivent leur infpirer quelque reconnoiffance, puifq'ils favent qu'une vifite eft toujours une préférence. Ce ne font pas les befoins qui lient, mais les rapports. Le tumulte, les plaifirs, font pour les fots, les défœuvrés; & les cabinets tranquilles, les foupers choifis, pour le petit nombre de gens aimables. Je doute fort qu'il y en ait plus de douze à Paris ; je doute plus encore qu'il y ait vingt hommes d'efprit, malgré cette foule d'académiciens, de poëtes, d'écrivains. Je doute qu'il y ait douze hommes capables de grandes affaires, & propres à honorer le choix du fouverain. Je doute..... ou pour mieux dire je ne doute pas, & c'eft ce qui m'empêche de continuer.

Le gros jeu commence à raffembler de nouveau les dupes de la fortune & les victimes de l'avidité. Croira-t-on un jour, que dans l'efpace de fix années, un

banquier de Pharaon ait pû gag-
ner huit millions, auxquels n'ont
pas concourus de ces malheurs
d'éclat qui font paſſer les biens
d'une maiſon dans une autre? &
ce banquier n'a jamais été accu-
ſé, d'avoir fixé les caprices lé-
gers de l'aveugle déeſſe.

Les Financiers, ſi longtems
l'objet de l'envie & de la haine,
n'excitent plus ni l'une ni l'autre.
Ils ſe diſtinguent par des connoiſſances en adminiſtration, qui
pourroient les rendre ſatiriques,
& ils ſont indulgens.

Dans la claſſe des Procureurs,
& des Avocats ſurtout, il y a
des gens du premier mérite.

Efprits conciliateurs, il femble qu'on acquiert un ami lorfqu'on les confulte. Leurs bons offices ne font ni banaux, ni intéreffés. On feroit un livre, très confolant pour les malheureux, & très glorieux pour l'humanité, des beaux traits que font tous les jours ces protecteurs des foibleffes, des mifères humaines, & des infortunes non méritées. Dans le nombre il y a toujours des ames avides, qui calculent fur les embarras des particuliers; mais ils font connus, & éloignés de tout miniftère de confiance.

Ce *Mont de piété*, élevé au milieu de tant de contradictions,

à détruit cette horde de petits ufu-
riers qui vivoient du malheur
d'autrui ; mais il laiffe fubfifter
ces calculateurs intrépides, qui
dédaignant les bénéfices lents
d'un intérêt honnête, ont des reffources adroites pour concili-
er leurs plans avec les befoins
de ceux qui follicitent leurs caif-
fes. On ne met plus même un
grand fecret à ces opérations,
qu'on apelle des *Reviremens*.

Une chofe digne de remarque,
c'eft la conduite des Miniftres re-
tirés. Ils voyent renverfer leur
befogne avec un ftoicifme, appa-
rent du moins. Leur vifage même garde le filence, & s'ils s'en

dédomagent dans l'intimité, rien ne tranſpire. Cette conduite, à mon avis, vaut mieux que le miniſtère de quelques uns. Il en eſt qui ſont oubliés, d'autres deſirés, mais aucuns ne ſont accuſés, ſoit que ceux qui n'étoient pas agréables à la nation aient expié leurs torts en quittant, ſoit que les reproches qu'ils eſſuyoient, étant en place, ne fuſſent articulés que par la cabale. Peut-être ne ſera-t-on pas faché de trouver ici la manière dont il ſont pris leur diſgraces.

Caius aſſuroit, qu'il y étoit préparé, & agiſſoit comme s'il ne s'y attendoit pas. Il fit des plai-

fanteries fur la route qui condui-
foit à fon exil. Sans doute il ne fe
foucioit pas de plaifanter, mais
c'étoit beaucoup de commander
affez à fa fenfibilité, pour fub-
ftituer aux éclats de la vengean-
ce cette feinte gayeté. Quelques
jours après, la Nature reprit fes
droits. Cette fuperbe folitude lui
parut affreufe. Il eut befoin de
rapeller fon courage. Les gazettes, toutes menfongères qu'elles
font, furent fa lecture favorite.
L'amitié qui veilloit pour lui à
Paris, faifoit arriver à fon Cha-
teau tout ce qui pouvoit l'intér-
effer, & que pouvoit il fe paffer
alors qui ne l'intêreffât? Son élo-

ge partout répété, les regrets
qui fuivirent fa difgrace, l'en con-
folèrent un peu. Des amis bra-
vèrent les combinaifons politiques, & les diffipèrent. On le
flatte d'un rappel prochain, infenfiblement il s'accoutume à fon
fort. Nulle plainte ne tranfpire,
point de tentative imprudente,
point d'impatience; trop de fafte,
peut-être, pour un particulier
dont les affaires étoient déran-
gées: mais le défaut de calcul eft
fi commun parmi les Seigneurs
françois, qu'on n'y fait plus attention. Il s'occupa des manufac-
tures établies dans fes terres;

d'amé-

d'améliorations, & furtout d'em-
belliffemens; il fut utile, grand,
généreux; mais il auroit pu placer fa confiance avec plus de
choix. Il avoit chez lui un certain *Lycidas*, dont l'efprit étoit
patelin, monotone, & peu fier;
dont le caractère tortueux fe re-
plioit fans ceffe fur lui même;
dont les manières trop aifées ref-
fembloient au mauvais ton. Il fe
confia à des gens de la cour, qui
lui permirent feulement d'être un
homme aimable, tandis qu'il fe
devoit peut-être à lui même d'ê-
tre un grand homme. Il le pouvoit, foit par fes talens, foit **par**

D

la difpofition de l'Europe, qui lui rendoit juftice lorfqu'il étoit en place, & qui exagéra fes talens lorfqu'il n'y fut plus. Infenfible-ment ceux qui s'honoroient de fon fuffrage, ouvrirent une nou-velle carrière à leur ambition. On commença par s'en tenir à des louanges ftériles; on les fup-prima enfuite: on fe permit après de fuivre l'opinion de quelques frondeurs fur certains points; on admira ceux qui détruifoient fon ouvrage, & enfin ce Miniftre eft devenu, un homme aimable, obli-gé de ménager fes amis, & diftin-gué dans la Société comme vingt autres gens d'efprit.

Céſon, ne parut ni au deſſus, ni au deſſous de ce moment pénible. Il regretta un travail qui lui faiſoit une réputation, & fut dans ſes terres pour donner le change à un eſprit laborieux. Il partagea ſa vie entre les ſoins d'une éducation brillante & l'occupation agréable d'écrire les Mémoires de ſa vie. C'eſt le propre des malheurs de nous ramener à la philoſophie, comme le joüeur, qui a tout perdu revient a ſa maitreſſe. Jetté de bonne heure dans les affaires; s'étant trouvé au milieu de pluſieurs orages; témoin & acteur d'une des plus ſingulières révolutions; trop ennemi de l'adminiſtration (depuis 1760 juſqu'a 1770) pour n'en pas étudier les vices, ſa vie fut toujours active. Il eut à lutter contre une Province qui s'en plaignit hautement, contre un Parlement qui ſe porta ſon accuſateur; contre un Miniſtre qui le croyoit dangereux; contre le public toujours enclin à ſaiſir les côtés foibles d'un homme. Quelquefois dupe des intrigues de la Cour, mais jamais le martyr, il eut la gloire, non ſeulement de renverſer ſes ennemis, mais de s'aſſeoir ſur les débris de leur grandeur, & de voir s'abaiſſer devant lui leur par-

tifans, qui s'étoient déja empres-
fés de prédire fon humiliation, &
d'infulter à fes malheurs. Loin
de fpéculer fur les orages des
Cours, il s'en tint éloigné, afin
qu'on ne lut pas fur fon vifage in-
difcret, la fatisfaction involon-
taire qu'y répand le mauvais fuccès de ceux qui nous remplacent.
Sertorius fut comme un homme que la foudre frappe & préci-
pite de la cime d'un rocher dans
un vafte abyme. Il mefura d'un
coup d'œil terrible la diftance de
fon origine, à celle de fa place.
Il parcourut dans un inftant le même chemin qu'il avoit mis qua-

D 3

rante ans à faire. Comme il ne
s'étoit pas accoutumé à fon éle-
vation, il repouffoit avec horreur l'idée d'une chute, ouvrage
d'un rival qu'il avoit mal connu.
Il eut befoin de compofer avec lui
même pour dérober l'éxcès de fa
fenfibilité. Il feignit de vouloir fe
juftifier contre des accufations,
auxquelles on ne penfoit plus dès
qu'il étoit anéanti. Son premier
foin fut de compter les heureux
qu'il avoit faits. Ils étoient rares.
Quelques uns furent ingrats.
D'autres crurent l'avoir payé par
de ftériles efforts pour le foutenir.
Une folitude froide remplaça
vingt ans de tumulte. Trop peu

instruit pour se renfermer dans son cabinet, trop peu philosophe pour braver l'inconstance de la fortune, il s'abandonna à cette langueur, fruit amer d'un calme forcé, & ne pouvant effacer de sa mémoire les instans de sa grandeur, tous ses souvenirs se changerent en regrêts.

Stilicon voyoit sans cesse dans un vaste tableau les destinées de la France. Il s'étoit arrangé avec le destin pour y présider. Ce n'étoit point un Ministère qu'il remplissoit, ce n'étoit pas une partie du Royaume qu'il croyoit confiée à ses soins, ce n'étoit pas

D 4

même la France, elle ne deve-
noit qu'un prétexte à fon ambition qui embraffoit l'Europe entière. Après avoir rêvé utilement
pendant vingt années, porté au
timon des affaires en dépit de fon
culte, de fa naiffance, & de fes
ennemis, il voulut effacer des
colonnes du temple de Mémoire,
les noms de *Sully*, de *Colbert*.
Sa fortune, déja le garant de fes
opérations, le mit à même d'af-
ficher avec fafte le desintéreffe-
ment qui fubjugue le vulgaire
étonné. Il lui commande la confiance; il l'obtient; & l'en re-
compenfe fur le champ, en lui
immolant quatre cens victimes

choisies à cette Cour, l'objet éternel de l'envie. Cette reforme apparente lui achete la multitude. Il éprouve sa crédulité par l'appas d'une lotterie. Elle court en foule, & lui confie ses trésors. Maitre du peuple, il veut le devenir du Roi; il essaye sa bonté. La premiere résistance l'irrite, & le rend plus apre. Nouveau refus. Sa tête se trouble, les mauvais conseils y penetrent, il se croit tout, un mot lui annonce qu'il n'est plus rien.

A ce rève fatal succede une lueur cruelle, qui laisse voir trop de précipitation dans les démarches, trop de dureté envers les malheureux qui follicitent; trop d'orgueil envers l'homme obfcur mais éclairé qui repréfente; trop de liaifons avec une fecte deftructive de toute liberté; trop de confiance dans une femme, égarée dans les fentiers profpères de l'avenir; trop d'ingratitude envers un vieillard, qui avant de defcendre dans la tombe, ne rifquoit rien de tout dire.

Tant de fujets de repentir travaillent un homme, qui fe retrouve tête-a-tête avec fa fortune & condamné par fa confcience à aller rétablir les noms de *Sully* & de *Colbert*. Son exiftence com-

mence à s'anéantir avec fes opérations ; & s'il veut vivre un
jour dans la mémoire des hommes, il faut qu'il devienne bien-
faifant, humain, modefte, &
fe perfuade, que ce n'eft pas l'ambition feule qui fait les grands
noms.

Publius avoit compté fur la
fortune & non fur la gloire. Son
vœu étoit accompli. Une retraite honorable, utile, termine fa
carière miniftérielle. La liberté
qu'il recouvroit le confole du rôle brillant qu'il cédoit à un autre.
Il ne pouvoit pas tomber de bien
haut. Auffi n'eft ce pas une chu-

D 6

te qu'il a faite; mais un déplace-
ment.

Sixtus qui n'avoit jamais été
la dupe de fa place, ne fut pas le
martyr de l'intrigue. On lui an-
nonça fon exil à trois heures, il
dormit après midi comme à l'ordinaire. Il regretta Paris, mais
non pas la feuille. Il avoit fait
quatre vingt Evêques, dont dix
lui font un honneur immortel.
Sur la fin de fon Miniftère, fon
opinion ne lui appartenoit plus, il
fe confola fans peine de voir un
autre devenu le fervile inftru-
ment des volontés fupérieures.
D'illuftres amis oublierent fes do-
ciles complaifances: lui de fon

côté oublia fes illuftres amis. La même gayeté le fuivit dans fes jardins.

Murena, moins jaloux de la gloire d'établir un nouveau fiftê-me, que de fervir d'anciens ref-fentimens, ne regretta ni la cour qui l'avoit humilié, ni la ville qui le negligeoit, ni des grandeurs qu'il avoit avilies. Les chofes étoient au point, que la folitude étoit devenue un befoin. Il eft cependant des pofitions où la vue des hommes eft un fupplice, & ou d'un autre côté le filence eft trop éloquent, pour foutenir fes reproches. On traîne alors dans une obfcure retraite quelques

flatteurs parafites, & l'on y en-
terre fa honte & fes remords.

Tous ces hommes, & mille
autres dont l'hiftoire récite les
actions & les fentimens, ont laiffé de funeftes exemples. Pourquoi ? C'eft qu'ordinairement
c'eft dans la baffeffe que l'on fait
l'apprentiffage de la grandeur.
La vertu timide & la fcience modefte, ne vont pas s'offrir aux
diftributeurs des grandes places.
C'eft l'intrigue adroite, ou la
préfomption audacieufe, qui les
briguent. Ont elles réuffi, il faut
bien fe dédommager. Alors on
violente la fortune, on renverfe
tout ce qui peut arrêter fur la rou-

te escarpée des honneurs, on
brave les convenances, & c'est
tout cela qui attriste la vieillesse
exilée. Les souvenirs cruels ne
sont plus écartés par la dissipati-
on, & les nuages de la flatterie
n'interceptent plus les rayons de
la vérité sévére.

Ces martyrs de l'ambition n'ef-
frayent point leurs successeurs : &
le honteux oubli dans lequel le
monde a juré de précipiter les
Ministres déplacés, ne décou-
rage pas même les demi talens.
On dira peut-être, que les superbes débris de ces fortunes
passagères tentent encore l'avidité. Combien de gens arrivent à

ces places avec d'immenſes ri-
cheſſes, & s'expoſent au ſeul
moyen de perdre la conſidérati-
on qu'elles donnent.

On n'imagine pas le nombre
des gens à Paris, qui ſans eſprit,
ſans connoiſſances, ſans talens,
font de très bons livres. Ils ont
le méchaniſme de la compilati-
on; & s'aſſujetiſſent à un certain
ordre matériel qui leur fait trouver ce qui s'eſt dit de bon ſur un
ſujet. Il eſt plaiſant qu'on ſoit ve-
nu à bout de reduire la littérature
à une ſimple manœuvre littéraire. D'autres vendent les conver-
ſations des gens d'eſprit, & vous
tranſcrivent tous les matins, ce

qu'ils ont entendu le foir. Ces brochures ont même un certain fuccès, & pour prôneurs tous ceux qui s'y retrouvent.

Mr. *Contant d'Orville* eft fupérieur dans cette fabrication. Il vous compofe fix volumes agréables à lire fans y avoir introduit une feule de fes penfées. Il occupe fans doute la premiere place parmi les manœuvres littéraires. Il a voulu donner des Romans de fon invention, alors il a fallu le quitter.

Tel brille au fecond rang, qui s'éclipfe au premier.

Un homme qui veut apprendre à juger n'a qu'à fe tranfporter à l'orcheftre le jour d'une pièce

nouvelle. C'eft là que fe rendent
les beaux efprits vétérans, auxquels des fuccès ont acquis une
place viagère aux fpectacles.
Une demie heure avant que la
toile fe leve, on les confulte.
Si la pièce promêt du fuccès,
ils affectent de douter ; fi
elle menace d'une chute, ils ap-
puient fur les difficultés de l'art,
& fur les droits de la jeuneffe à
l'indulgence. Après quelques
réflexions vagues fur la févérité
du partèrre, ils fe trouvent tout
naturellement à même de rapeller leurs triomphes ou leurs disgraces, parlent de leur retraite
de leur amour du repos, fe re-

paiſſent de quelques vapeurs que leur préſente la louange dans la bouche d'un jeune homme; enfin la pièce commence. Si le premier acte réuſſit, cela eſt bien beau, dit-on, pour ſe ſoutenir: s'il eſt foiblement applaudi, on dit avec un viſage ſerein, une expoſition eſt toujours un peu froide. La pièce continue. Si elle eſt médiocre, on fait des efforts pour la ſoutenir: ſi elle va aux nuës, un ſilence d'humeur interrompu par ces paroles: *laiſſez nous donc écouter, vous vous extaſierez après.* La pièce finit. Eh bien! Monſieur, voila un ſuccès - - Oui, Monſieur, de notre tems ils n'é-

toient pas à fi bon marché. Il y a
du bon cependant ; mais cela
n'eft pas fait. Survient un jeune
littérateur qui fait une critique
mêlée d'éloges : derriére eft l'auteur du *journal de Paris* qui fou-
rit, & à côté M. de ***. qui tend
l'oreille, & avant la petite pièce
court écrire le jugement qui vient
d'être rendu.

Parmi les originaux dont les
portraits feroient une galerie
très bifarre, on diftingue un
nouvellifte dont la figure eft re-
marquable, le coftume extraordinaire, le langage miftérieux,
les prétentions exceffives. Il a
fait fon école d'un caffé très fré-

quenté, il s'y promene en long
& en large, écoute les conversa-
tions, obferve les phyfionomies.
Entend-il un grouppe agiter une
queftion de littérature? il lui jet-
te des pièces de vers, bonnes ou
mauvaifes. Apperçoit-il une maf-
fe de gens attachés à la finance?
il leur fait un difcours apologéti-
que, ou critique fur l'opération
la plus récente. Se trouve t-il un
amas de pacificateurs des nations? il s'avance, leur fait figne
de fe taire, met des lunettes fur
fon néz, & quel néz! tire de fes
poches des lettres miniftérielles,
& ranime ou détruit les efpéran-
ces. D'après fa lecture la difpute

s'échauffe, alors il gagne doucement la porte, fait un tour de
promenade, recueille de nouveaux matériaux, & revient
fournir de l'aliment aux oififs de
la capitale.

On connoit encore le fils d'un
très riche Financier. Son père
aime la magnificence; fon fils,
qui croit la modeftie plus analo-
gue à fon état, dédaigne l'ufage
de cette opulence, exerce la
profeffion d'avocat, fait un peu
de commerce, rédige un journal
étranger, aime les lettres, fert
l'humanité, eft économe, & af-
fiche des vertus fi contraires à
fon état, qu'il faut admirer le fils

aux dépens du père, ou excuser le père aux dépens du fils.

Il y a une Dame qui a dressé un perroquet à se mêler de la conversation; Des Demoiselles qui se font un revenu très honnête des cachets en cire; Un homme qui prend le nom des personnes un peu connues, cherche dans l'histoire des passages ou ces noms sont employés, & les vend un louis à ceux qui les portent; Un marchand de mort aux rats, qui depuis quarante ans garde la même place sur le pont neuf, & a gagné à ce commerce plus de cinquante mille écus; Une Demoiselle très laide, très dévote, très charitable, mais qui fait un enfant tous les ans, elle eſt comme folle quand elle n'eſt pas enceinte, & croit par ſes prieres expier un inſtant de foibleſſe; Une femme qui a vingt ſix chats, ſept chiens, quatorze poiſſons, trente trois oiſeaux, neuf écureuils, vit avec ſes animaux dans une telle intimité, qu'elle avoue bonnement s'ennuyer dans la ſociété des hommes. Un Médecin qui guérit en touchant &c.

Jamais les femmes ne ſe ſont miſes avec antant de ſimplicité. Plus de robes riches; plus de garnitures ſur les robes; plus de manchettes à trois rangs. Un chapeau de paille avec un ruban, un mouchoir uni fur le col, un tablier dans la maifon; plus de boucles, de hériffon, de ces folles coëffures; plus de cul-de-Paris, de pointes; plus de falbalas. Les hommes plus fimplement encore, n'ont ni habits brodés, ni veftes de drap d'or, ni écharpes, ni épaulettes.

Malheureufement le luxe a d'autres branches. Et la plus funefte erreur (le luxe eft néceffaire aux grandes villes) s'accrédite tous les jours. Ce n'eft pas le lieu de faire ici une differtation;

E

mais on peut & l'on doit annon-
cer, qui fi cette fatale induftrie
eft encouragée, il y aura dans
les États une fubverfion généra-
le, & dans les mœurs une cor-
ruption que n'arrêtera aucune
puiffance humaine.

Il y a conftament un certain
nombre de procès qui occupent
le public. Des mémoires ordinairement bien écrits, quoiqu'un
peu verbeux les annoncent. Ces
mémoires font de vrais pertur-
bateurs de la fociété. La caufe
principale occafionne toujours
des excurfions fur des perfon-
nes, fort étonnées de trouver
leurs lettres, leurs confeils, leurs

démarches mis au grand jour
Cette méthode eſt inutile aux ju-
ges qui ne s'arretent jamais à ces
romaneſques expoſitions; inutile aux plaideurs, puiſque c'eſt
l'amuſement & non leur juſtifica-
tion que le public y cherche;
mais nuiſible aux avocats, qu'on
ſoupçonne de briller aux dépens
de la vérité. Pourquoi réveler
tant de turpitudes domeſtiques?
C'eſt une mère qui vole à ſon fils
ſon patrimonie. C'eſt un fils qui
avoue avoir déshonoré la couche
de ſon père; ce ſont ſurtout des
épouſes invoquant la loi contre la nullité d'un époux, qui ſe

préfente pour répondre, entouré de fes batards. Cette forte de caufes eft devenue fi commune, qu'un homme d'efprit difoit avant hier, que les féparations étoient plus fréquentes que les mariages.

Les Parifiens furpaffent en gourmandife toutes les autres nations. Un excellent cuifinier eft un ferviteur très recherché & très ruineux. Il a ordinairement tous les vices convenables à fon état, c'eft-à-dire qu'il eft un peu yvrogne, très fripon, encore plus infolent, ordinairement brutal, très fouvent pareffeux, volontiers libertin. Ces vices font connus ; les maitres en plaifantent, & les lui pardonnent en faveur d'un filet de levreau au jambon. On ne mange pas, on dévore; & la gloutonnerie tient un peu au bon ton.

Les projets, plus rares qu'ils n'étoient, font reçus avec moins de dédain; mais examinés avec autant de légéreté, refufés fans preuves, ou exécutés avec lenteur. Que de gens martyrs de leur travail! dupes des promeffes! Semblables à *Ixion* qui rouloit fon rocher, ils ont été forcés de recommencer à chaque mutation de Miniftres. Fatigués de ces chutes éternelles, ils font

E 3

morts de laffitude, de dégoût, &
furtout de faim. Il y a de grands
abus, dit-on, dans cette partie.
Je donnerai le *projet* de les détruire, quand on m'aura dit où
il n'y en a pas.

Encore un demi fiècle, & l'on
n'ira plus dans Paris qu'à cheval
ou en voiture. Sa grandeur eft
monftrueufe. Plus il y aura de
maifons & moins il y aura d'ha-
bitans. La population eft toujours en raifon de l'aifance, &
plus le luxe élévera, embellira
les demeures, moins il y aura
de richeffes. Un million placé
dans le commerce, ou employé
à l'agriculture s'augmente, grof-

fit; un million placé en conſtruc-
tion d'édifices, perd chaque an-
née un centième de ſa valeur. Il
y a peu de tailleurs, de cordon-
niers, de brodeurs qui n'ayent
un ſalon de compagnie, mieux
meublé que les appartemens des
trois quarts des conſeillers aux
parlemens des provinces. Voila
de ces choſes qui paroiſſent exa-
gérées, & que j'écris, parceque
je les ai vues.

Il y a ici des gens qu'on paye
pour pleurer aux enterremens,
pour rire aux ſpectacles; d'autres qui paſſent leur vie dans les
Egliſes; d'autres aux coins des
rues. Pourquoi tout cela nous

frappe-t-il dans l'hiſtoire ancien-
ne, & eſt il à peine apperçu dans
nos mœurs? Pourquoi ſommes
nous étonnés de lire dans les vo-
yageurs modernes que des filles
de la Terre de feu viennent s'offrir aux matelots, & voyons
nous ſans ſurpriſe des filles de la
rue *St. Honoré*, propoſer leurs
charmes, cent fois repouſſés, à
la dupe qui les en dédomage?

La Cenſure des mœurs eſt
moins ſévère que celle des livres.
Devenue une véritable inquiſiti-
on, un ſcenſeur retranche impi-
toyablement, non ce qui eſt dé-
placé, hardi; mais ce qu'il ſoupçonne pouvoir paroitre tel à un

homme puiffant, dont la conduite eft fi décriée, dont les bévues
font fi groffières , qu'il a nécef-
fairement fa place dans toute de-
fcription quelconque de la cor-
ruption des mœurs & de l'ignorance des chofes. Cet excès de
févérité produit un grand mal.
Des plumes qui ne feroient que
hardies , deviennent licencieu-
fes. L'étranger enlève au commerce tous les gains de l'impref-
fion. Le public achête les livres
à un prix exhorbitant. Des malheureux auxquels ces prohibiti-
ons fourniffent un profit analo-
gue à leurs befoins, font furpris
& jettés dans les fers. De bons

esprits vont chercher des pays, où ils puissent parler leur langage ; & pourquoi tout cela ? pour ne pas donner le déplaisir passager à un homme méprisable, de voir qu'il est méprisé ; pour conserver à certains agioteurs de la chose publique, la certitude que leurs manœuvres demeureront à jamais dans l'obscurité.

Cette sévérité ne s'étend pas sur la gravure, on lui laisse l'usage des allégories, des nudités, des satyres. Cependant un livre ne parle qu'à l'esprit, & les desseins parlent tout à la fois à l'esprit & aux sens. Cet art

porté à une certaine perfection,
ne fait plus de progrès. On tra-
vaille trop. Un artifte a dé-
couvert la manière de faire du
papier qui reffemble au vélin;
il n'a point de raies, & a un
velouté inconnu même aux pa-
peteries de Hollande. C'eft au
célebre *La foffe* qu'on doit en
partie cette découverte.

Indépendament des Cours
publics, où la plûpart des pro-
feffeurs font de l'efprit fur la
fcience qu'ils croyent enfeigner,
il y a des Mufées, ou les arts
ne jouënt pas le premier rôle.
On porte toute la prétention du

bel efprit, où l'on ne devroit trouver que la fimplicité du génie. Les gens du monde, qui devroient y rendre l'hommage du aux travaux utiles, répandent le ridicule fur des êtres qui veulent occuper le public, moins de leur art que de leur perfonne.

Ce que j'ai dit eft vrai. Ce que j'ai tû l'eft encore davantage, & malgré cela Paris eft le féjour de la terre le plus délicieux.

FIN.

www.ingramcontent.com/pod-product-compliance
Lightning Source LLC
Chambersburg PA
CBHW051929280626
47162CB00025B/2235